명상돌파

| 정해일 시와 산문 |

명상돌파

선우미디어

| 차례 |

| 차례 |

제3부 맺는말

명상돌파(冥想突破)

빛나지 않는 그늘에 머무르다가
민물새우 따라 바다로 나가니
주인 없는 곳에 가르침도 없구나

명상으로 돌아와
저녁에 무릎 일으키고
어둠에 흙을 묻혀

만조겁(萬兆劫)을 웃으니
묵상은 늪에 기울고
말 많은 부처는 강을 건넌다

깊은 아름다움에 박혀있는
진실을 뽑아보니 요망하더라
소문대로 얼굴값 하더라

참비린내 나는 허(虛) 속에
관음은 비스듬히 얼굴을 담그니
벽 속에서 산을 꺼내고

새벽에 바람의 뒷모습을 보는구나
단박에 허망함을 깨우쳐
이르지 못할 곳에 이르니

문득 잠잘 곳을 얻어
먼지 없는 곳에서
햇빛과 그늘을 같이 쓰고

담연(澹然)하고 담연(澹然)하니
더는 깊이 따지지 않고
물 위에 떠있는 구색(鉤索)의 날개를 본다

가르지 않으니 끝이 없고
재미를 잃었으니
날카로운 우울함의 우둔함이 하늘을 덮었구나

쓸수록 천해지니 금관이요
구를수록 가관이니 이승이로세
진실로 헐떡거리지 않고

사해청구(四海靑丘)가 깨어져 빛나니
서늘하여 돌아누운 자리에
아침은 저녁도 찬란한 은빛 무덤이어라

이어라 이제는 그대 해맑은 눈빛 속의
허망한 낡은 거울 되어
아침을 쓰고 눈비를 재촉하리라.

제 2 부

명상돌파 집주(集註)

첫 번째 풀이 마당

이 세상의 착한 사람들은 모두 어디로 갔을까?

놀이말

빛나지 않는 그늘에 머무르다가

민물새우 따라 바다로 나가니

주인 없는 곳에 가르침도 없구나

풀이말

전직 대통령의 자살 소식에 듣는 이의 마음이 무겁다. 그
저 어이가 없을 뿐이다. 나와는 아무런 상관없는 일인데도
단순히 대중의 입장에서 뉴스를 접했을 뿐이지만 마음이 아
파서인가, 나도 한국 사람의 한 사람으로서 어쩐지 책임감
을 느끼는 부분마저 없지 아니 있다. 누가 이 나라를 이렇게
만들었는가 하고.

게다가 이제는 인터넷 보기가 버거울 만큼 흉악범의 범죄
내용이 아침 저녁으로 우리들의 마음을 어지럽히고 있다.

민심이 아프다. 죽어야 할 사람은 안 죽고 죽지 않아야
할 사람은 죽는다는 소리가 나올 만도 하다는 느낌이다.

작년 최진실의 자살 사건으로 세상이 떠들썩했었다.

나는 예전에는 최진실의 팬이 아니었다. 가령 연전에 미
니 시리즈 질투를 보면서 최진실보다는 김혜리가 내 스타일
이라고 생각했다(이건 비밀이지만 사실 그때는 이일화, 음정희가 내
스타일이었고 지금은 소녀시대의 권유리가 내 스타일이다). 하지만 지

금은 최진실의 왕팬이다.

　나는 최진실이 무조건 좋다. 최진실은 무조건 내 스타일이다. 그리고 나는 최진실이 착한 여자였다고 감히 말한다. 착한 사람 아니면 그렇게 마음 상해하다가 자살하지 않았을 거라 확신하기 때문에. 그렇게 그분이, 그 여린 마음의 착한 여자가, 얼마나 힘들었길래, 어떻게 마음을 다쳤길래 어린 아이들을 두고 세상을 떠난 걸까? 한때는 만인의 연인이었던 그분을 왜 우리는 그렇게 떠나보내야 했을까? 최진실에게는 풍기문란에도 못 미치는 몇 가지 뉴스거리가 있었다. 그래서 어쨌길래? 만인의 연인 하나 반대편으로 한번 접어서 곱게 봐줄 수 없을 만큼, 우리는 그렇게 까탈스런 사람들이 되어버렸는가?

　우리는 뭔가? 감싸안아주는, 설혹 발뒤꿈치가 좀 못생겼더라도 대범히 껴안아주는, 그런 사람이 아니었던가, 우리는?

　대체 이 세상의 착한 사람들은 모두 어디로 갔을까?

갑자기 등이 시리고 외로워진다. 그리고 사내대장부로서 약간 망설여지는 대목이지만 약간 혹은 많이 무섭다, 막 간다는 말조차도 부족한, 이상하고 뻔뻔스럽고, 아픈 사람을 보면 껴안아 줄술 모르는 못된 인간들, 그리고 그런 인간들에게 당하고 살거나 혹은 살 수 없어 일찍 우리 곁을 떠나야 하는 가엾은 이들, 즉 악하거나 불쌍한 사람만 남은 세상에서 나는 도대체 어떻게 살아야 하나, 하고.

그런데 대답은 이러하다. 썩 명쾌하지도 않고 상투적인 먼지가 풀풀 나더라도 할 수 없는, 그런 대답이지만.

그렇게 말하는 너는 누구인가? 착한 사람?

불쌍한 사람? 의로운 사람? 주제넘은 사람? 주제 파악 못하는 오지랖 넓은 사람?

착한 사람…

착한 사람이야 난, 하고 속으로 씩씩거리며 조심스럽게

말해본다.

　그렇다면 당신부터 시작하라. 조금씩 할 수 있는 일을 해서 악한 사람 판인 저 못마땅의 마당을 멸하거나 고치고 불쌍한 사람을 도우라. 그리고 마음이 아픈 만큼 애써라. 세상의 저 반대편에서부터 당신과 비슷한 생각을 갖고 조금씩 제대로 된 세상의 중심으로 다가오고 있는 또 다른 누구, 나의 우리들을 위해서. 다시 만나기 위해서.

두 번째 풀이 마당

스타일리스트의 겨울

놀이말

명상으로 돌아와

저녁에 무릎 일으키고

어둠에 흙을 묻혀

풀이말
스타일리스트의 겨울

1
거울이 흐르고 있다

상식 속의 한 사내가
꾸겨진 그림엽서로 버려진
봄 여름 가을을 밟고 지나가며
맹목적으로 외투의 깃을 세운다

그가 찬김 흩으며 평생을 헤매어도 모를

악보 속에서만 존재하는
겨울
맵시 그윽한 소매로 고구려 여자가 켜는
거문고에서 울려나오는

소설 속에서만 존재하는
겨울

회전문 밀고 들어가다가 힐끗 보고,
로망의 핵심
다시는 만나지 못했던

내 사랑 無題 속의 계절
아, 비발디 협잡 끝의 계절

겨울이 흐르고 있다

2
세상은
아늑히 죽음에 깃들어
뿌리 깊이 추위를 간직한 채
가슴에 기름기 진하게 박은 푸른 고래가 사라진 길을 따라
찬 피 흘리며 작살 꿰인 아픔의 저 쪽으로
시간 저 쪽으로 흘러가고 있는데
살생할 욕심을 버린 중이 되면
아무 것도 없다 혼자 있음도 없다

복수할 마음을 버린 깡패가 되면
아무 것도 없다 버릴 것도 없다
마음이 텅 비면
아무 것도 없다 하는 것도 없다
늑골 깊이 데카당에 쏠린 오장육부를 떠내어보내고
늦게나마 거머리발 절망을 뿌리쳐도 떨리지 않는 손길로
라이터를 켠다
마음은 텅 비어
자기의 공간으로 COFFEE BAR를 채우고 있다

3
겨울비 트는 하늘 아래
시끄러운 아침과 저녁이 뜨고 지는데

해와 달로 반복하는데
다시는 기억 속에서 살아 돌아오지 않을 빛깔로
거듭 짜며 과거형으로 파도치는데

오후 몇 몇 시

비스듬히 취한 눈길 빗속에 긋다가 싱싱한 말떼로 찾아온
신선함을 거느리고
바다 근처 산책로를 쏴아한 새벽의 눈길로 거닐고 있다

하루 내내 목쉬었다가 첫 커피를 마시며
과묵한 슬픔을 녹이고 드문드문 남은 삶의 향기를 걷어들
인다

대학생 시절 이유 없이 즐거이 밤샘하며 마시던
새벽 세 시의 재즈처럼 얼얼하게 맛있던 커피
그렇게 맹렬토록 가벼이 연소하기 쉽던 젊음

기껍게 몸무게마저도 버린 한 잎 낙엽 되어

한 해 한 해
겨울의 나이테를 감아 돌며
아무도 눈치 채지 못하게 가라앉고 있다

4
이제
겨울은 흘러
또 하나의 숙제만 남겨놓고
날 두고 가려느니
늦은 밤
찬 등 아래서
주름 깊이 쓸쓸한 턱을 늘이는
思索 물귀신
날 두고 가려느니
오늘 그리고
어제
텅 빈 COFFEE BAR에서
오후의 햇살보다도
그 햇살 속의 먼지보다도
낮게 흐르는
부드럽게 속삭이며 흐르는
겨울의 기억만 주고 가려느니

5
언제 또
COFFEE BAR에서
훈김 밟으며 기억하는
이 텅 빈 거리에서

겨울은 흘러
뒷모습의 연인, 보리밭을 합시코드로 켜던 손길
찬찬한, 손가락으로 흘린 머리칼 그리어 담아내는
고구려 여자 닮은 연인의 긴 그림자 뒷모습만 그렇게 남
기려느니

겨울은 시간의 문을 열고
겨울은 시간의 문을 닫고
이 텅 빈 COFFEE BAR에서

바람아 바람아 겨울 속으로
세월 속으로 빈 마음속으로
지나가고 멀어졌다가 다시 오는

겨울이 흐르고 있다, 이 텅 빈 視野를 달리며

커다란 유리창이 있는
뉴욕 맨해튼 지피 바에서,
이 텅 빈 COFFEE BAR에서.

세 번째 풀이 마당

아프다 죽을래 아니면 버리고 살래?

놀이말

만조겁(萬兆劫)을 웃으니

묵상은 늪에 기울고

말 많은 부처는 강을 건넌다

풀이말

어렸을 때 나관중의 『삼국지연의』를 읽다가 탁탁 막히고는 했다. 『삼국지』 특유의 숙어적 표현이 껄끄러워서였다.

유비나 조조, 손권의 군사가 적군에 패한다. 모사는 꾀를 내어 군사를 매복했다가 공격하자 간한다. 그러면 크게 기뻐하며 그리하라 한다.

처음에 이런 내용을 읽고는 그러려니 했다.

그런데 몇 대목 지나 그런 내용이 또 나왔다. 몇 장 넘기니 또 비슷한 말이었다. 싸울 때마다 거의 비슷한 내용이었다. 싸움에 진다. 모사는 군사를 매복했다가 적을 치자고 한다. 그러면 크게 기뻐하며 그리하라 한다. 해서 싸움에 이긴다… 복병이 그렇게 효과가 있으면 왜 처음부터 복병을 하지 않는가? 몇 십 년, 수백 번 계속하는 전쟁이다. 어째서 번번이 상대편은 복병이 있음을 모른다는 말인가? 매번 똑같이 복병의 꾀를 내는 모사를 두고 크게 기뻐할 것까지야 없지 않은가? 이해할 수 없었다.

사실 『삼국지』의 숙어적 표현에는 설명하지 않은 부분이 있다. 매복이 적절할 때가 있고 그렇지 않을 때가 있는 것이다. 패한 뒤에는 상대군이 방심을 하기 때문에 복병이 효과가 있다. 그리고 싸움터의 지리에 따라 매복이 가능한 경우가 있고 그렇지 않은 경우가 있다. 그런 속 내용이 불충분한 사료와 입싸지 않은 동양적 상상력을 거치면 숙어적 표현으로 압축되는 것이다.

따라서 이런 뒤안의 문맥을 새기고 짚어가며 읽어야 한다. 겉핥기로 글자를 대하지 말고. 책갈피 속에 과묵히 숨어 있는 그 무엇을 보려면 말이다. 그런데 그 당시에는 20세기 서양식 독서법에 길든 탓에 그런 데까지는 생각이 미치지 못했다.

그 외에도 『삼국지』에는 걸러 생각해볼 만한 숙어적 표현이 많다. 금창이 터져 죽는다는 표현은 어떤가? 등장인물은 빽하면 금창이 터져 죽는다. 즉 싸움에 지거나 궁지에 몰리면 화가 뻗쳐 아무려던 금창이 다시 터져 죽는다—대개 이런 식의 표현이다. 금창이란 쇠 금(金) 자에 상처 창(瘡) 자를 합친 단어다. 쇠끝, 즉 창칼이나 화살 끝에 다친 상처를 두고 말한다.

금창이 터져 죽는 이 중에 손책과 주유가 그 중 유명한 인물에 속한다. 주유는 「하늘은 왜 주유를 내고 또 제갈양을 내었는가」 한탄하며 죽는다. 견해에 따라 주유를 속 좁은 틱틱이로 볼 수도 있다. 허나 제갈량에게 한 수 접힌 게 분해서 금창이 터져 죽는 주유에게는 멜로드라마틱하고 시적인 운치가 있기도 하다.

그런데 이 금창이 터져 죽는다는 표현도 껄끄러운 바가 있었다. 의술이 발달하지 못해 상처가 그렇게 쉽게 터진다는 말인가? 의성 화타가 살던 시대가 아닌가? 상처가 터지면 터졌지 왜 번번이 죽기까지 한다는 말인가? 이해할 수 없었다.

이에도 역시 작가가 설명하지 않은 부분이 있다. 금창이 터져 죽는다는 사실만으로 그 사람에 대한 인격을 짚어볼 수도 있는 것이다. 즉 금창이 터져 죽는 이는 대저 과민하고 다혈질이며 지기 싫어하는 인물이라는 식으로.

예를 들자면 그 때문에 죽지는 않지만 관우는 한번 금창이 터진다. 반면에 장비는 다혈질이나 한 번도 금창이 터지지 않는다. 사려 깊고 감수성 늠름한 관우에 비해 장비는 단순한 성격의 술꾼이어서 스트레스 해소가 쉽게 되는가? 누가 금창이 터져 죽는다는 일화에는 역사적인 정확 비정확을 떠나 작가의 성격판단이 담겨 있을 수 있다.

금창이 터져 죽는다는 말은 마음이 터져 스스로를 해코지한다는 말과 그리 다르지 않다.

주유가 죽은 지 2천년이 가까이 지난 지금. 주위에는 금창이 터져 건강을 해치거나 심지어 죽는 이가 많다. 바깥세상이라는 쇠끝에 마음의 상처를 입고 위염이나 심장병, 중풍 등에 시달리는 사람을 두고 하는 말이다. 몸으로 나타나는 병이지만 왕왕 시작은 마음에 있다.

금창이 터지지 않게 하려면 어떻게 해야 하는가? 마음의 병에서 벗어나려면? 주유처럼 서른여섯의 아까운 나이에 죽지 않으려면 어떻게 해야 하는가?

얽매이지 말고 모든 것을 훌훌 버리는 길밖에 없으리라. 제갈량에 대한 질투도 인생이라는 싸움에서 일패(一敗)한 분노도. 『삼국지』의 숙어적 표현 속에 박혀있는 이면의 듬직함을 추려내듯, 과묵하여 쉽사리 그 진상을 드러내지 않는 인생의 핵심을 꿰뚫어보라.

해서 터질 듯 금창에 몰리는 자학적인 허망함을 깨달아야 한다. 한번 싸움에 지고 나서 매복병의 기발한 꾀를 들은 유비처럼 실없이 크게 기뻐하며, 해어진 마음을 아프고 시린 금창에 던져라. 하여 금창에 던진 마음을 커다란 깨달음의 기쁨 속으로 떠내려 보내는 길밖에는.

다시 말하자면 스스로에게 물어보라. 아프다 죽을래 아니면 버리고 살래?

네 번째 풀이 마당

막연한 기대가 사람 잡다

놀이말

깊은 아름다움에 박혀있는

진실을 뽑아보니 요망하더라

소문대로 얼굴값 하더라

풀이말

가끔 가다가 확 짜증이 날 때가 있다. 인생이 잘 안 풀릴 때이다. 정말 소리를 크게 지르거나 헤드폰으로 귀가 아플 때까지 음악을 듣거나 해야 조금은 그 짜증이 풀릴 만큼.

짜증은 심신에 스트레스가 되고 결국 건강을 해치게 된다. 나는 건강을 해치고 싶지 않다.

해서 당연히 나는 짜증을 내고 싶지 않다. 그런데 그것이 마음대로 되지 않는다.

그런데 대체 왜 짜증이 나는 걸까? 인생이 안 풀리는 것은 알겠는데, 그렇다고 해서 굳이 짜증을 내야 하는 이유는 무엇일까?

문제의 근원은 막연한 기대이다.

이 세상의 대다수의 사람들은 특별한 계획 없이 막연한 기대 속에 인생을 살아가고 있다.

남들이 하는 대로 대학을 나와 직장을 얻고 결혼을 하고 일과 생활에 시달리면서 대충 살아가게 된다.

그저 막연히 김대리가 7.5년 있다가 과장이 되었으니 나도 내년 가을쯤이면 과장이 되겠지. 즉, 과장 승진 7.5년 계획서를 치밀하게 작성하고 만약 일이 뜻대로 되지 않으면 예비책 A, 예비책 B 정도 마련해놓고 마음을 어떻게 추스르리라는 그림까지 대강 그려놓고… 그런 사람이 대체 몇 명이나 될까?

그러다가 일이 자신의 막연한 기대대로 안 되면 충격을 받게 되고 인생에 회의를 느낀다.

세월이 흐를수록 점점 작아지고 초라해지는 자신을 발견하고는 괴로워한다. 괴로워하고 자학하고 절망한다.

나의 경우는 이런 증세가 갈수록 심해져서, 건강을 위해서라도 무언가 중대 결단을 내려야할 때가 되었다고 생각하게 되었다.

그런데 내가 내린 것은 결단이라기보다는 결론이었다.

결론은 이러하다.
(1) 인생은 나를 위한 축제가 아니었다. 전에도 그리했고 시금노 그리하며 앞으로도 그리할 것이다.
(2) 나는 치열한 객관주의에 입각한 무정한 세상에서 사는 단순한 바보일 뿐이다.

이렇게 결론을 내리고 보니 마음이 후련해졌다. 막연함이 끌러놓은 흐릿함 속에서 벗어난 까닭이다.

막연한 기대는 앞으로 하지 않을 것이다. 수고한 만큼 수확을 계획하고 만약 흉년이 든다면 그에 대한 마음 준비도 잊지 않으리라.

그리고 앞으로 나를 위한 축제는 내가 스스로 열어줄 것이다. 남이 내 인생을 책임져줄 것을 기대하지 않고 나의 지친 몸과 마음을 우선 내가 위로해 주리라. 막연한 기대가 아니라, 확실한 마음의 평화를 겨냥한 의지력으로.

다섯 번째 풀이 마당

첼로비 속을 속절없이 이제 추억 쪽으로 두고 보아야 한다

놀이말

참 비린내 나는 허(虛) 속에

관음은 비스듬히 얼굴을 담그니

벽 속에서 산을 꺼내고

풀이말

첼로비 속을 속절없이 이제 추억 쪽으로 두고 보아야 한다

사선(斜線)으로 붓 가니
화가는 그림으로
비의 윤곽을 어루만진다
따스하지만 쓸쓸하게
거리는 차갑고
너무하다싶게
비 내리는 구석이 있다
사랑하는 여자가
흰 김 쏟으며 노래하던
겨울비 속을
첼로비 속을
속절없이 이제
추억 쪽으로
두고 보아야 한다
어떻게 저렇게 예쁜 여자가 있을 수 있는지
분개하며 살았던
마음 끝마다 글썽하도록

진지했던 바보
내 사랑
비 내리는

여섯 번째 풀이 마당

임꺽정

놀이말

새벽에 바람의 뒷모습을 보는구나

단박에 허망함을 깨우쳐

이르지 못할 곳에 이르니

풀이말

임꺽정

해거름에 칼춤 꺾고
처자식 딸린 그림자를 턴다
막슬픔에 안주도 없이
산등성이에 싸락눈 내리고
예서는 청석골도 먼데
사연 타고 흐르는 장승도 많구나
구월산 따스히 불 켠 혈맥마다
아욱 떨어 으깬 진심
짚신 거꾸로 신고 멸악에서 서울까지
쓸 데 없이 남아도는 힘으로
아름드리 향나무 뽑고 또 뽑았지만
내일이면 활 맞고 죽을 목숨
이젠 홀로 눈물처럼 殺氣 뿌리며
소 피 냄새 나는 길을 걸어가리라
누가 뜻 있어 다음 세대의 백정을 인도하리

일곱 번째 풀이 마당

그래도 슬픈 세상은 창밖에 있으니

놀이말

문득 잠잘 곳을 얻어

먼지 없는 곳에서

햇빛과 그늘을 같이 쓰고

놀이말

풀이말

이 세상의 모든 슬픔은 착각에서 비롯된다.

즉, 무엇을 가지고 싶은 마음이 생긴다. 그 무엇은 사람일 수도 있고 물건일 수도 있다.

그런데 분명히 가질 수 없음을 알면서도 가지고 싶은 마음을 버리지 못한다. 이는 사랑하는 사람일 수도 있고 돈이나 고급저택일 수도 있다. 가질 수 없는 것을 가지고 싶어 하는 마음을 버리지 못하니, 가질 수 있다고 착각을 하고 있으니 문제이다. 이 세상의 모든 비가(悲歌)는, 인간이 인간에게 행하는 해코지 종합선물 세트 일체는 이 착각에서 비롯된다.

남자 A가 여자 A를 원하지만 같이 할 수 없어 그리워하면서 부르는 노래. 어느 가수가 스스로의 실연의 슬픔을 바탕으로 노래를 지었는데 그 노래가 많은 이의 가슴을 적시다.

어느 누가 직장에서 해고를 당한 뒤 홀로 상처받은 마음에 생각하기를, 자신이 수십 년 간 몸 바친 직장에서 '존

중'이라는 것을 받아가져야 하는데 내게 잔인하게 등을 떠민, 내가 평생 몸담고 있던 회사는 자신에게 그 존중을 주지 않았으므로 다음날 총을 들고 가서 동료직원들을 모두 쏘아 죽인다.

착각으로 인한 슬픔이라는 문화병에 익숙한 우리들이 자주 접하는 뉴스들이다.

객관적으로 보았을 때, 가질 수 없음을 알고 적절한 시기에 포기하면 될 일이다. 그리고 가질 수 없는 것을 가지고 싶어 한다면 그것이 현실적으로 가능한 일인지 조사 후에 만약 가능하다면 계획을 세워서 노력하는 수밖에 없다. 그 외의 어떤 일도 우매한 짓이 아니라 할 수 없다.

이렇게 냉정한 객관적 사유로 스스로의 마음을 제어하면 대부분의 경우는 슬픔이 가라앉고 마음의 안정을 되찾을 수 있다. 적어도 스스로의 우매함을 깨달았으면 그리 슬픔에 치여 살지는 않을 것이다.

마음의 안정을 어느 정도 회복하고 녹차 한 잔 마시며 창밖을 바라본다. 이 마음의 안정이 순간인지, 며칠 갈는지, 영원한 사유의 고집으로 남을는지 그건 아직 모르겠다.

분명한 것은 창밖으로는 그래도 수많은 이들이 가질 수 없는 것을 가질 수 있다는 착각에 빠져 오늘도 슬퍼하고, 괴로워하고 있다.

여덟 번째 풀이 마당

내 사랑 정들 바

놀이말

담연(澹然)하고 담연(澹然)하니

더는 깊이 따지지 않고

물 위에 떠있는 구색(鉤索)의 날개를 본다

풀이말

「The Wind in Faded Green for Nothing(아무 것도 아닌 빛바랜 녹색 바람)」이라는 작품을 쓴 적이 있다. 영문으로 쓴 작품인데 내용은 이러하다.

주인공은 젊었을 때 삶 사랑이 출중했고 특히 음악을 들을 때면 설명하기 어려운 깊은 아름다움을 느끼고는 했다. 그 아름다움을 주인공은 빛바랜 녹색의 바람으로 표현했다. 그런데 나이 들면서 주인공에게 상상할 수 없는 일이 일어났다. 아무리 좋은 음악을 들어도 젊었을 때 음악을 들으며 느끼던 설명할 수 없도록 깊은 아름다움, 즉 빛바랜 녹색 바람의 신비를 느낄 수 없게 되었다. 해서 주인공은 옛적의 아름다움을 되찾기 위해 몸부림치게 된다는 식의 내용이다.

나도 가끔은 「아무 것도 아닌 빛바랜 녹색 바람」에 나오는 주인공처럼 삶에의 미각, 그 정열이 약간 쉬었음을, 어디선지 모르게 은은하게 쉰내가 남을 느낄 때가 있다. 아침 공기를 터져라 들이마셔도 신선함을 느낄 수 없고, 자장면을 먹어도 옛날처럼 맛있지 않고, 늦은 밤에 커피를 마셔도 쓰는 글이 잘나가지 않는다. 무엇인가 옛날과는 다르다.

그 이유가 무엇일까?

누가 나의 낭만을 몰래 죽였는가?

단순히 육체적으로 나이를 먹어서 라고는 하고 싶지 않다. 그보다는 마음이 지쳐 있기 때문이다.

어느 날 이런 생각 끝에 돌이켜보니 언제 내가 무엇을, 무엇에, 그 무슨 무엇 때문에 미치도록 심취해 있었던가, 하고, 심지어는 내게도 그런 시절이 있었던가 우울해지기까지 했다.

해서 내친 김에 진지하게 얼굴 찌푸려가면서 일찍이 내가 심각하게 좋아했던 것으로 세 가지를 꼽아 보았다.

⑴ 임아영의 「미련」
신중현 작곡 장현 노래 「미련」. 70년대 히트 쳤던 노래다. 그런데 이 노래의 원조는 임아영이라는 가수다.

임아영의 「미련」은 장현의 「미련」과 전혀 다르다. 속삭이는 듯한 감미로움과 나지막한 절제로 이루어진 장현의 「미련」과는 달리 빠른 속도의 노래이고 절규하는 소울풍의 노래이다.

음악 속에 깊이 들어가 보면 작품마다 특유한 느낌이 있다. 잘된 작품일수록 그 느낌이 강하다. 때려 부수듯 힘차고 시원한 베토벤의 5번 교향곡 4악장, 그리고 3번 3악장이 그러하고 비틀즈의 「Let It Be」가 그러하며 김태연의 「만약에」가 그러하다. 신중현 작곡 임아영 노래 「미련」은 내게 있어서 백번 들어도 백번 좋은 노래였다.

그런데 최근에 미루고 미루었던, 이사할 때마다 끌고 다니던 해묵은 LP판을 MP3로 옮기는 작업을 했다. 임아영의 「미련」을 MP3로 변환하고 나서 오랜만에 다시 들어보았다. 그리고 확실하게 알게 되었다. 왜 내가 일찍이 이 노래에 그렇게 빠져들었는지.

임아영의 「미련」의 기본정서는 다름 아닌 정서불안이다.

무언가 가슴속의 있는 로망 없는 로망 다 합친 꾸러미를 확 쏟아놓았을 때 느끼는 카타르시스, 그런 무엇이 이 노래의 핵심이요 정수다. 덧붙이자면 아마 그런 이유로 나는 인순이의 「창가에 스치는 얼굴」 이나 김추자의 「꽃잎」 같은 노래를 좋아하지 않았을까.

이렇게 나름대로 심오한 결론을 내리고 나니 내가 옛날에 엄청 좋아했던 임아영의 「미련」에 대한 신비스런 마음이 사라졌고 내가 사랑하던 이 노래, 이것마저도 별거 아니구나 하는 생각 끝에 그 심오한 결론 전의 미련 답답하고 비장순수(悲壯純粹)한 나로 돌아가고 싶다는 생각이 들었다.

(2) 정패패(鄭佩佩)

「금연자(金燕子)」, 「여걸비호(女傑飛虎)」, 「방랑의 결투」 등의 영화에 나왔던 왕년의 홍콩 액션 스타이다. 그녀를 좋아해서 나는 금연자라는 영화를 아마 대여섯 번 이상은 보았나 싶지 않다. 비디오도 없던 시절에 같은 영화를 두 번 이상 본다는 것은 그 영화에 미쳐야만 가능한 일인데 나는 영화보다도 정패패라는 여배우를 너무 좋아해서 그 영화를 여러 번 본 것이다.

　그녀가 후에 「와호장룡」에서 아주 나이 먹은 할머니로 분
장을 하고 출연했는데 나는 아직도 이 영화를 제대로 끝에
서 끝까지 감상해본 적이 없다. 케이블 시대에 사는지라 이
영화 저 영화 그냥 편린으로 보는 습관이 있는 탓도 있지만
굳이 그녀가 그렇게 나이 들어보는 장면을 보고 싶지 않았다.

　한국에서는 상영된 적이 없는 것 같은데 그녀가 20세 전
후에 출연한 「정인석(情人石)」이라는 영화가 있다. 나중에 뉴
욕 차이나타운에서 어렵게 비디오를 구해서 그 영화를 보았
는데, 무술영화가 아니라 현대물로서 소매 없는 원피스를
입은 그 영화 속의 정패패는 정말 아름다웠다.

　말하자면 그녀가 정서불안의 독특한 취향의 문제 소년 정
모 군의 첫사랑인 셈이다. 그 당시 정패패 좋아하지 않았던
한국남자가 어디 있겠느냐는 보편론적인 관찰에도 불구하
고, 아직도 나는 미련스럽게도 그 당시의 강렬한 느낌을 재
활시켜 본 적이 없다.

(3) 할리(Holly)

미국에 처음 왔을 때 뉴욕에 있는 School of Visual Arts
에서 Photography Class, 즉 사진 촬영에 관하여 배우는
코스에 등록해 잠시 다녔는데 그 때 할리라고 하는 미국여
자가 내 옆에 앉아있고는 했다.

몸매도 좋고 긴 생머리에 예쁜 얼굴이었다. 소위 dirty
blonde라고 하는, 약간 짙은 색의 금발인 생머리를, 매주
학교에 나올 때마다 다른 스타일로 땋아서 나타났는데 나는
정말로, 거짓말 아니고 정말로, 그녀와 무지무지하게 사귀
고 싶었다.

말이 안 통하니 그냥 어정쩡한 해프닝으로 끝이 났지만
돌이켜보면 그 때 할리만큼 내가 잠깐이나마 가슴 시리게
좋아했던 여자는 없었던 것 같다. 정패패는 영화배우였으니
까 그때는 아무리 심각했어도 팬으로서 좋아했던 것이지만
할리는 매주 학교에 나가면 내 옆에 앉아있던 실존인물이었
으므로…

할리 때문에 극도로 민감해 있던 영혼 때문이었는지 그해 2월의 어느 토요일, 나는 흔치 않은 체험을 하게 된다. 즉 불교에서 말하는 견성(見性) 비슷한 경험으로서 학교에서 가만히 수업을 들으며 앉아 있다가 갑자기 모든 것, 이 세상 모든 것이 제자리, 있어야 할 곳에서 존재하고 있으며 나 또한 그리해서 이렇게 어찌어찌하여 그렇게 살아가리라는 생각이 들었다. 그 당시 나는 그 체험을 죽음이라는 말로 표현했다. 즉 죽음 뒤에 느끼는 평화가 있다면 바로 이런 것이 아닐까 하는 생각이었다.

지금 생각하면 짝퉁 견성이랄까? 이런 식의 답답한 이야기 그만하고 일련의 질문으로써 여덟 번째 마당을 정리해 본다.

이제 한 가지 남은 정열이 있다면 글을 쓰는 일?

나는 다시는 춤추며 사랑할 수 없는 걸까?

누구보다도 더 많이, 그리고 진지하게 사랑하고 싶었는

데 어디서 다른 길로 빠진 걸까? 화투판을 기웃거리면서, 나도 청단 홍단 한번 해보았으면, 이렇게 두런거리는, 서투른 꾼 아닌 꾼의 빛나는 소망을 당신은 아시나요?

취미가 나름대로 독특해서 아무나 쉽게 사랑할 수 없는 것 같은데 그래서 어쩌란 말인가?

내 사랑은 이제 가슴속 깊이 흐르던 아름다움 죄다 메말라 버려서 아무 곳에서거나, 어느 누구에게나 정을 두고 안거하기에는 이제 너무 늦은 걸까?

내 사랑 정둘 바 없으매 오늘도 나는 그리워함을 멈추지 않고 글을 쓰는 걸까?

따지지 않는다고 해놓고 따따따따 따져대는 이 숨찬 한 마당은 또 무엇입니까?

아홉 번째 풀이 마당

기분전환

놀이말

가르지 않으니 끝이 없고

재미를 잃었으니

날카로운 우울함의 우둔함이 하늘을 덮었구나

놀이말

풀이말

나는 요즘 아주 기분이 언짢다.

다니는 회사에서 일이 잘 안 풀리고 있기 때문이다.

정리해고의 위협은 사팔뜨기 소매치기처럼 항상 주변을 맴돌고, 가면 갈수록 점입가경으로 회사 안에서의 나의 위상은 축소되어가기만 하는 듯하다.

기분 언짢은 김에… 인상 한번 멋있게 팍 쓰고 옹졸한 마음에게 진실한 나를 양보하여 굳이 오해를 하자면, 나의 속마음은 이러하다… 이것들이 도대체 의도적으로 계획적으로 조직적으로 나에게 모욕감을 주기 위해서 이렇게들 놀고 있나, 하는 생각이 들 정도로.

내가 몸담고 있는 분야는 IT(Information Technology) 프로젝트 관리(project management)다. 세월이 흐르고 정보기술이 바뀔 때마다 살아남기 위해서 자기개발을 해야 하는 분야이기 때문에 지난 10년간은 꽤 힘들었고 살아남느라고 신경쓰다보니 장족의 발전 같은 것은 욕심낼 겨를이 없었다.

그런데 최근에는 사방에서 치고 들어온다는 느낌이다. 그 중에서도 견딜 수 없는 것은 나보다 모자란 경력, 부족한 능력의 사람들에게 더 좋은 노른자위의 일을 뺏기게 될 때이다. 그럴 때에는 화가 부글부글 끓어올라, 끊었던 담배를 다시 피우고 싶은 마음이 간절해진다.

박상민의 노래 「비원」에 이런 구절이 있다.

나보다 못난 사람에게 잊혀져 있던 사람에게
나 전에 사랑했던 그 사람에게 돌아가야만 할 것 같다고
미안하단 말과 함께 흐느끼던 너의 모습
이제 와서 무슨 상관이냐고 따지듯이 이내 절규했지만…

나 개인의 사정과 상관이 없는 듯 하면서도 이 「나보다 못난 사람에게」라는 구절을 들으면 왠지 가슴이 아프다. 절규하고 싶다.

이 세상에서 가장 슬픈 감정 중의 하나가 억울함이고 인용한 노래 부분이나 앞서 늘어놓은 나의 처지에는 억울함이

라는 감정이 기조를 이루고 있기 때문이다.

무엇이 그렇게 억울한가? 비교당해서? 비교당한 뒤에 더욱 더 기막힌 것은 비교의 결과에 관계없이 이 세상이 나에게만 불공평해서?

이 세상 불행의 90%는 스스로의 감정조절을 못하기 때문에 비롯되는 것이다. 사실 100%라고 말하고 싶지만 그렇게 이야기하면 감정조절 못하는 사람들이 감정 상할까봐 90%라고 해두는 것이다.

무엇이 대체 그렇게 억울한가?

잠깐 그 대단히 억울하고 슬픈 마음을 가라앉히고 한 가지 폭탄선언을 할까 한다.

전환점은 언제나 자기 스스로에게 있다.

다시 한 번 말하지만,

전환점은 언제나 자기 스스로에게 있다.

이것만 명심하면 이 세상에서 해결하지 못할 문제는 없다
고 본다.

문제는 그들이 아니라 나 자신이다. 나의 지극히 바보스
러운 점은 내가 다니는 회사가, 회사의 동료직원이나 상사
가 나의 행복을 책임져 줄 거라는 막연한 기대이다. 현실은
이 세상의 그 어느 누구도 나의 행복의 유무, 많고 적음 등
등에 관해서 털끝만큼도 고민하지 않고 있다는 사실이다.

회사 사람들이 나를 무시해서 기분이 나쁜가? 그럼 능력
을 보여주면 된다. 뭐라? 능력을 보여줄 기회조차 주지 않
는다고? 그럼 회사를 바꿀 때가 된 게 아닐까?

사건의 전말은 이러하다. 스스로 욕망의 돌을 던져 분별
심(分別心)이라는 파랑(波浪)을 일으키고 억울함에 사무쳐 자
해(自害)를 가했으니 그 분별하는 마음을 버릴 때 비로소 손
발 떨리게 분한, 억울한 파랑(波浪)은 멎게 될 것이다.

가장 미련한 사람이 가장 똑똑한 사람인데, 그 사람은 이 타저타 분별을 하지 않는다. 그리고 그 사람은 이 세상에서 가장 행복한 이다.

버려라. 훌훌 버리고 동네 산책이라도 다녀오자, 이렇게 나는 나에게 위로한다.

절규하며 따지지 말라. 나이 드는 것도 슬픈데 스스로의 꼴이 너무 우스워진다.

그래서 나는 오늘도 기분전환을 위해 분별하고 싶은 마음을 버리고 산보를 나간다.

열 번째 풀이 마당

깡패론

놀이말

쓸수록 천해지니 금관이요

구를수록 가관이니 이승이로세

진실로 헐떡거리지 않고

풀이말

세상 사람은 깡패에게 관심이 많다. 미니시리즈 「모래시계」나 영화 「대부」가 인기를 끈 것도 그런 연유에서이다.

근대에 와서 서양의 패권주의가 한바탕 세계를 휩쓸고 지나갔다. 서양의 동침, 즉 깡패소동 뒤로 세상은 시끄러움이 덜해졌다. 북새통의 먼지가 가라앉은 만큼 사람의 삶은 단조로워졌다. 대신 굶어죽거나 전쟁에 치어 죽을 위험이 훨씬 덜해졌다. 지배자에게 학대나 개죽음을 당할 위험도 줄어들었다. 그러다 보니 현대는 낭만도 모험도 영웅도 없는 시대가 되어버렸다. 소시민주의 깽판이랄까.

깡패가 존재하는 터에는 불법이라는 그늘이 드리워져 있다. 그렇지만 깡패는 낭만과 모험이 살아 씽씽한 영웅담에 왕왕 주인공으로 나온다. 고전적인 영웅이 없는 현대사회이기에 그런 현상이 유별나다. 깡패란 일종의 뒤틀어진 혁명이다. 기존사회를 뒤엎지 않고 또 하나의 사회, 불법의 암흑계를 만들기 때문이다. 「대부」의 마피아를 보아도 그렇다. 20세기 초의 미국사회는 기존 영국계나 아일랜드계가 이미 주권을 잡고 있었다. 새로 이민 온 이태리계는 차별과 빈민

생활에서 벗어날 수 없었다. 해서 자신의 권익을 폭력으로 우기어 만들어놓은 새로운 질서가 코사 노스트라(cosa nostra : 우리의 세계)이다. 깡패는 세월의 순리를 무시하고 불법행위라는 기발한 샛길을 밟는다. 그리하여 권력층의 어두운 이면에 혜성처럼 떠오르는 의리 있는 사내가 마피아의 두목(The Don)이고 「모래시계」의 주인공인 것이다.

사실 역사는 깡패가 주도해왔다. 과거의 깡패는 기존사회를 싹쓸이로 뒤엎었다는 점이 다를 뿐이다. 구왕조를 멸하고 새로운 왕조를 일으키는 것은 관점에 따라 불법 중에서도 불법인 역적행위다. 성공했기 때문에 그 깡패짓이 정당화된 것뿐이다. 칭기즈칸도 알렉산더도 근대의 서양도, 서양의 흉내를 내려던 일제도 모두 일종의 깡패다.

깡패는 시대의 상황에 따라 구세의 영웅이 되기도 하고 악질의 깡패가 되기도 한다. 중국 무협소설에 녹림당, 녹림인이라는 말이 자주 나오는데 도둑놈 집단, 깡패를 두고 하는 말이다. 중국 후한 말 왕광, 왕봉이 녹림산에서 도적의 무리가 되어 관과 싸운 데서 유래한 말이다. 녹림당은 무협

소설에만 나오는 무리가 아니다. 어느 시대에나 녹림당이 있다. 시대에 따라 부르는 이름이 다를 뿐이다. 지방토호, 군벌, 왕족의 후손, 신의 계시를 받은 이, 선구자, 혁명가, 반역의 괴수, 깡패, 영웅 등. 이들에게는 한 가지 공통점이 있다. 힘이 있거나 힘을 모을 줄 아는 사람이라는 것이다. 평화시대에는 녹림인은 쓸모가 없다. 남아도는 힘으로 좀도둑질이나 하기 마련이다. 그런데 예나 지금이나 세상에는 주기적으로 난세가 있다. 난세에는 녹림인이 필요하다. 외침을 물리치거나 반란을 제압하는 데 한몫 하기도 하고 심지어는 정권을 잡기도 한다. 좀도둑질 대신 큰 도둑질을 하는 것이다. 그러나 난세가 평정되면 녹림인의 주가는 떨어지기 마련이다. 난세에 힘을 제공했던 영웅은 다시 불법화되어 깡패라 손가락질 받으며 녹림으로 숨게 된다.

깡패와 영웅은 종이 한 장 차이로 근본은 같다. 세인이 깡패 이야기에 매력을 느끼는 것도 그 때문이다. 부르는 이름이야 일이 성공하느냐 실패하느냐에 따라 갖다 붙이기 나름이다. 대담하게 살인을 저지르고 멋대로 국법을 어겨도 깡패 이야기에 꼭 의리가 있다는 사실을 첨부하는 이유는 무엇인가? 의리가 있다는 사실이 죄를 상쇄하는 무슨 대단한 낭만적 도덕성이라도 된다는 말인가? 이런 개념적 괴리는 원래 깡패와 영웅의 근본이 같은 탓이다.

영웅 못지않게 깡패에 흥미를 느끼는 현대에는 역사를 뜯어고쳐 주류로 탈바꿈하는 깡패가 드물다. 영웅다운 깡패가 없어서 그렇다기보다는 역사의 주류가 점잖게 깡패질을 하기 때문이다. 정권교체가 순조로운 선진국일수록 점잔 떠는 일이 심하다 하겠다.

깡패가 주도하는 역사는 곧 힘이 주도하는 역사다. 깡패건 영웅이건 말에 차이가 있을 뿐, 힘 그 자체가 나쁘거나 좋다고 단정을 내릴 수 없다. 힘을 가짐에 있어 실리가 있는 것은 사실이다. 조선이 망하고 우리가 일침(日侵)이나 6·25로 아픔을 겪어야 했던 것은 힘이 없었던 때문이다. 힘은 순수한 힘이라는 관점에서 보면 힘으로서의 초월적인 아름다움이 있을 뿐이다. 힘을 어떻게 쓰느냐에 따라 힘의 주인은 세월이 흘러도 의미가 바래지 않는 영웅도, 역사 속의 천덕꾸러기인 깡패도 될 수 있다.

열한 번째 풀이 마당

그 파랑의 속절

놀이말

사해청구(四海靑丘)가 깨어져 빛나니

서늘하여 돌아누운 자리에

아침은 저녁도 찬란한 은빛 무덤이어라

놀이말

풀이말

「속절없다」라는 말이 있다.

사전을 보면 이렇게 나와 있다.

아무리 하여도 단념할 수밖에는 별 도리가 없다.

해서 속절없는 인생사, 이런 표현이 등장하게 된다.

아무리 노력해도 이 세상에는 안 되는 일이 있다. 세월의 흐름을 멈추는 일이 그 중의 한 예이다.

그러나 이런 말은 사실 요망한 것이다. 세월의 흐름이란 사람의 머릿속에서만 존재하는 것이다. 우리는 그저 순간순간 현재에만 머물러 살고 있을 뿐이다. 그 이상의 일체 개념, 추억이라는 이름의 유희는 모두 도깨비 정서이다.

과거는 존재하지 않는다. 순간으로 스쳐지나갔기에. 과거는 그 어느 곳에서도 존재하지 않는다. 미래도 그러하다.

그럼에도 불구하고 우리는 그 속절없는 일을 속절 있음으로 바꾸려 발버둥 친다. 과거로 돌아가려 하고 과거를 돌이켜보고 과거를 기념하려 한다.

도대체 그 과거에는 무엇이 있길래?

그 속에는 내가 잃어버린 것들이 있다.

예를 들자면?

더운 여름날, 사람 많은 영화관에서 내 옆에 앉아 선녀처럼 고요하고 배려하는 마음도 그윽하게 나에게 살며시 부채를 부쳐주던 정란이.

정란이와 영화를 본 것은 오래 전 일이었는데 갑자기 생각이 났다.

과거란 그러한 것이다. 지나갔음에도 불구하고 그에 애착을 갖고 놓아주지 않으려는 것이다. 아무런 소용도 없으면서.

한때 내게 있었던 작가지망의 푸른 꿈도 그러하다.

이제는 지나갔으면서도 아니라 우기며 나는 상당히 괜찮은 뮤학가라고 우기며 나는 오늘도 글을 쓰고 명상 깊이 빠져든다.

그 푸른 꿈의, 그 파랑의 속절이, 이 정의(正義) 깊은 세월 속 어디에선가 뼈를 추슬러 마음을 바꿔 약간 늦게나마 나를 찾아오리라는 믿음 속에.

열두 번째 풀이 마당

여름 전에 겨울이 있었다고 말하지 말라. 겨울 전에 여름이 있었다.

놀이말

이어라 이제는 그대 해맑은 눈빛 속의

허망한 낡은 거울 되어

아침을 쓰고 눈비를 재촉하리라.

풀이말

특별한 이유도 없는데, 꼬집어 말하기도 좀 무엇한데 몸도 마음도 편치 않다. 무언가 이 세상에 대한 기대가 사그라들지 않고, 체하도록 마구 들이킨 욕심, 갈망, 소원 등이 얹혀서이다.

나를 위로하느라, 때때로 다음과 같이 적어보고는 한다.

버려도 버려도 버릴 수 없는 것이 분에 넘치는 욕심이다.

그리고 이 세상의 모든 욕심은 분에 넘치는 욕심이다.

길이 아니면 가지를 말고 때가 아니면 바라지를 말라.

그리고 때는 내가 정하는 것이 아니라 하늘이 정해주는 것이다.

……

일찍이 나의 글재주를 인정해주신 분은 시인 황갑주 선생님이시다.

1979년에 LA 한국일보에서 처음으로 현상공모를 했을 때 선생님은 시 부문 심사위원이셨는데 나의 시를 당선작으로 뽑아주셨다. 나중에 알고 보니 같이 심사를 했던 다른 심사위원은 내 작품이 한국말도 쓸 줄 모르는 사람의, 말도 안 되는 시라고 하며 반대했는데도 불구하고 선생님께서는 나의 시를 이해해주셨던 것이다. 그 때 당선작이었던 「패랭이꽃」은 문덕수 시인이 하시던 「시문학」 잡지 80년 2월호 내외단신에 게재되기도 했다.

좌충우돌, 막연한 기대와 깊은 미련함 속에 빠져서 지낸 79년의 여름은 지금 생각해보면 고생만 막심했는데도 아름다운 추억으로 남아있다.

선생님, 언젠가 멋지게 컴백해서 선생님의 혜안이 옳았다는 것을 증명해보이겠습니다! …나는 아직도 비밀히 속으로 이렇게 말하면서 살아가고 있는지도 모른다. 원하던 자리에 머문 적이 없으니 컴백이란 말도 어불성설이고 스승을 위해서라기보다는 나 자신을 위한 바램이지만.

미련해서 고집스러웠고, 한사코 작가가 되기를 원했던 그 해.

그 해 여름의, 미치도록 사랑했던 인생이기에 진지하도록 불온하고 불미스러운, 그래서 더욱 더 가슴 떨리게 진지했던 아름다움은 그때의 것이 아니라 지금 내가 쓰고(用) 있는 것임을 인정하는 것이 아마 편안한 기쁨에의 첩경이 아닐까.

79년 그 때 현상공모에 보냈던 연작시 「燕子」의 한 부분을 좀 손보아서 다시 적어본다.

그 여름의 한사코

1
훨씬 더 깊은 마음 고생하는 그대
이제 이 외로운 한적함을 떠나야지

어떤 마음씀으로도 회복하기 어려운
삶이라는 늪

그 마음을 떠나야지
심정의 차원에서 벗어나

더 멋깔스런 존재의 여러 바퀴로
삶, 그 사랑의 무게를 몰고 가야지

2
오후를 보았었다
저녁도 느지막이 거기에 나타났었다

눈 뜨지 않은 눈을 뜨니
진한 국밥처럼

덥고 막막한 여름이
한사코 나에게 말했다

나는 너를 꿰고
너는 나를 명중시키리라.

3
그 후로 시시비비와 낯가리며 길었던 침묵에
낮은 길 굽이굽이 마다 소리 없이 지른 소리

도저히 감당이 안 되어
다시 이 도시로 왔다

나는 그래서 또 그리고
밤의 시가지 가장 빛나는 부분에 서서.

4
부푼 발등의 소망에 아파하면서
밤의 호숫가 가장 바람 부는 부분에 서서

그리움도 찬란한
목청을 울려본다

한시도
그대를 잊은 적이 없다고.

5

그저 왼손을 가만히 들었다가 놓았을 뿐인데
활 ㄹ자 모습의 무서운 속도의 세월 속에서

그 고집스런 여름의
한사코는

내가 저를 버렸다면서
빛나는 자유로 이제서야 나를 버린다.

제 3 부

맺는말

아라한의 숨결

모든 것은 갖추어져 있다. 마치 아침에 입고 나가려고 준
비해놓은 옷과 같다. 그리고 준비해놓은 옷이 필요 없게 되
면…

끊어진 곳에서 이어지니 문득 조용한 곳에서 빛나고

입지도 않고 벗은 옷에서 아라한의 숨결이 느껴지니

갈고 닦을 거울도 업수히 여길 마음도 없다

맑은 가을날 이미 갖추어졌기에

갈 데가 없어서 머물쩍, 미세망념(微細妄念)을 쓸어버리고
자

다시 싸리비를 들고 마당에 서서는

그저 노란 은행잎만 즐겨 바라본다.

그리고

여기 적은 바는 성철 큰스님에게서 배움이 크다.

진실을 얻으려면 진실 아닌 것을 버리면 된다. 놓아버리면 된다. 진실 아닌 것을 알면 진실한 것을 알 수 있다. 더이상 바라지 않을 때, 참으로 바랄 수 있다. 망상을 버리고자 하는 마음에서 벗어나, 진실을 구하고자 하는 욕심에서도 벗어나 있는 대로를 볼 때, 그저 쉼표 하나 찍은 자리에.

선(禪)의 경지에 이르는 도정(道程)의 미소(微笑)

김명순

(수필가 · 미동부 한국문인협회 이사)

명상 돌파 (冥想突破)

고요히 눈을 감고, 변화무쌍한 마음을 가다듬으며, 정신을 통일하여 번뇌를 끊는다. 마음근원 자리를 찾아 무아정적(無我靜寂)의 경지에 몰입한다.

망아지처럼 고개를 저으며 천리, 만리를 달리고, 행·불행의 원인이 되는 마음을 다스려 열락(悅樂)의 경지에 이르니 선(禪)의 낙원이다.

본인의 말대로라면 시집이라고도 산문집이라고도 꼬집어 말할 수 없는, 시 한 편에 풀이 마당을 집주(集註)해 놓은 작품을 쓴 정해일님은 20년 된 내 문우(文友)요, 도반(道伴)이다.

그와의 인연은 뉴욕 한국일보에서 김송희 시인님을 도와 잠시 문예란 기자 생활을 했을 때로 거슬러 올라간다.

제목은 잘 기억나지 않으나 신문에 미발표된 해일님의 단편을 읽게 되었고, 깊은 사유(思惟)와 철학(哲學)이 담겨 있는 좋은 작품이란 생각을 했었다. 그때까지 일면식도 없었던 정해일님을 고독한 햄릿이나 카프카 같은 분위기를 풍기고 있는 사람일 거라는 짐작도 해보았다.

그 무렵, 문인들과의 모임에서 같은 테이블에 앉게 된 해일님을 처음으로 대면하게 됐는데 까뮈의 '이방인'이란 작품이 떠올랐다. 그 책속의 주인공처럼 세상과는 동떨어진 자기만의 세세를 확립해 놓은 은둔지 같은 느낌을 받았기 때문이었다.

그러고는 헤어졌는데 집으로 돌아오는 도중에 '토큰 한 개'의 일화가 생겼다. 맨해튼에서 운전을 시작하며 토큰이 들어있는 지갑을 옆 의자에 꺼내 놓았는데 사라져 버려 찾을 수가 없는 것이었다. 미드타운 터널을 지나 톨게이트는 가까워 오고, 차들은 뒤에 줄줄이 따라오고 등에서는 식은 땀이 흘렀다. 그 황당한 순간에 앞에 가던 차창 밖으로 손길이 뻗쳤고, 토큰 한 개를 흔들며 던져주고 가던 구원자가 있었으니 정해일 문우님이었다.

그 사려 깊은 행위의 감사함을 잊지 못하고, 가슴 깊이 담아 두게 되었다. 십년 감수했다는 표현이 참으로 실감나는 장면에서 정해일님은 나를 구원해준 은인으로 남게 된 것이다.

모임에서 만나면 언제든 그런 내 마음을 전하리라 싶었는데 십년의 세월이 훌쩍 지나고 말았다.

그러던 어느 날, 포토샵에서 우연히 해일님을 만나게 되어 "요즈음 글 안 쓰세요?"라고 물었더니 "로스쿨에 다니느라 글 쓸 시간이 없네요."라는 간단한 대답이었다. 서로에게 일행이 있었으므로 차나 한 잔 나누자는 말조차 꺼내지 못했다.

컬럼비아 대학을 나와 모 은행 부사장으로 일하고 있는 해일님이 변호사가 되기 위한 공부를 다시 시작했다니 부럽기도 했고, 대단하다 싶기도 했다. 다행히 명함을 받았으므로 전화로라도 감사를 해야지 했는데 이행이 되지 못했고 또 세월이 그만큼 흘렀다.

그로부터 십년이 지난 작년 시월, 마트에서 해일님과 우연히 마주치게 됐다. 마치 소설 속의 애기처럼 삼십 대에 처음 만난 후, 오십 대가 된 서로의 얼굴을 마주 보며 조금은 생소한 느낌으로 "저 모르겠어요?"라고 반색을 했더니 "왜 몰라요?"라며 정색을 해서 다행스러웠다.

그 날은 가을비가 부슬부슬 내려 감성의 곡선이 최고조에 이른 토요일 정오였다. 이른 새벽부터 차를 몰고 베이사이드 마린에 가서 차를 강변에 세우고, 서울대 이부영 명예교수가 지은 C. G. Jung의 「인간 심성론」을 서너 시간 읽은 후였다. 강물에 마음을 흥건히 적셔 영혼은 충만해졌으나 아침을 건너뛴 속이 출출했던 참에 해일님과 마주 앉아 설렁탕 한 그릇을 뚝딱, 게걸스럽게 먹어 치웠다. 그제야 '나'라는 의식이 돌아와 조금 부끄러워졌고, 기운이 넘쳐나 마음속에 간직했던 토큰 한 개의 고마움을 이십 년의 세월만큼 값지고, 풍부하게 전할 수가 있었던 것이다.

그런 인연으로 대화를 나누다 보니 정해일님이 보기와는 달리 상대방을 참 편안하게 해주는 사람임을 발견하게 됐다. 그 이유가 뭘까 궁금했는데 그 해답을 「명상돌파(冥想突破)」라는 작품에서 찾을 수 있었다.

책 한 권으로 묶고 싶다며 '한국수필 해외문학상'을 받으러 서울에 가는 내게 출판사에 맡기고 와달라는 당부를 했다. 거기다 발문까지 써달라는 영광스런 부탁을 받고 보니 은근히 걱정이 뒤따랐다.

정해일님에 대해서는 단편소설 한 편과 '명상돌파'라는 특이한 문장들을 읽은 외에는 별로 아는 것이 없어서였다.

1979년 LA 한국일보에 시 '패랭이꽃' 당선, 1985년 뉴욕 한국일보에 단편소설 「혼산(渾山)」 가작 입선, 1986년 LA 한국일보에 단편소설 「수원 나그네」 당선, 1987년 문학사상 신춘문예에 「신선한 저녁」이란 제목의 단편소설로 당선작 없는 가작 입선, 1992년 뉴욕 한국일보에 장편소설 '사랑이 가면' 연재, 영문으로 된 소설집 「Cool without Purpose」, 「Nirvana in Dolce」 2권이 상재된 중견 작가임을 알게 되어 놀랍고, 기뻤다.

그런 문학적 성과가 있는 줄도 모르고, 마치 진흙속의 진주를 캐보자는 심정으로 먼 옛날 얘기를 하듯 그의 문학적

재능에 대한 내 기대를 마음껏 펼쳐 놓았던 자신이 쑥스럽
고 민망해지긴 했다.

정해일님은 자신을 드러내지 않는 진광불휘(眞光不輝)의
겸손조차 지니고 있는, 내공이 든든한 작가임을 확인한 셈
이었고, 믿음직스런 문우를 얻었다 싶어 자랑스러웠다.

비행기 속에서 그가 쓴 「명상돌파」를 여러 번 읽었고, 돌
아와서도 몇 번이나 읽었는데 읽으면 읽을수록 맛이 나는
작품이었다. 그냥 쉽게 읽고 지나치기보다는 한 자 한 자
음미해 보면 그 안에 깃든 과묵한 의미가 선(禪)의 경지로
다가오는 것을 느끼게 한다. 고요히 흐르는 명상 음악처럼
마음을 갈아 앉게 해주고, 혜안이 열려 얽혔던 내면의 문제
가 스르르 풀리는 지혜의 음률을 따라 가게 되는 것이다.

심오와 단순, 심각과 명랑, 시와 산문의 대칭이라는 명제
까지도 불러내려는 작가의 의도가 그 방향으로 이끌고 가는
듯하다.

> 빛나지 않는 그늘에 머무르다가
> 민물새우 따라 바다로 나가니
> 주인 없는 곳에 가르침도 없구나
>
> — 「첫 번째 풀이 마당」 중에서 '놀이말'

정해일님은 혼자만의 영역을 털고 나와 밖의 세상에 관심
을 갖는다.

그러면서 '이 세상의 착한 사람들은 모두 어디로 갔을까?'
라는 현 세태에 대한 지적으로 공감을 불러일으킨다.

악한 이들만 설쳐대는 세상이 된 것 같아 때때로 무섭고,
공포를 느끼는 순간을 이해해 주는 누군가를 만난 것 같은
기분이 들게 한다. '착한 사람 좀 찾아 주세요.' 라고 외치면
기꺼이 앞장서 줄 것만 같다.

뿐만 아니라 노무현 전직 대통령, 유명 여배우였던 최진
실의 사살을 보면서 죽음에 괸해 심각히고 무거운 사색, 그
러면서 마음에 맺혔던 슬픔을 조금씩 녹여 갈아 앉혀주는
심적 정화 작용을 도와주는 것이다. 이 세상을 떠난 선량한
이들의 영혼을 달래 주는 작가의 착한 마음과 인간애(人間愛)
가 메아리 되어 계속 들려오는 듯하다.

단순히 대중의 입장에서 소식을 접했음에도 불구하고,
해일님은 내 일처럼 가슴을 아파하고, 책임감까지 느끼는
공의로움을 보여 주고 있다. 스스로 "나는 착한 사람이야"
라며 선인임을 자처하는데 주저하지 않는다. 그것은 착한
사람 쪽에 설 것을 분연히 약속하고, 다짐하는 강직한 선언
이다. 거기에 악한 사람 판을 깨고, 당신부터 스스로 불쌍한
사람을 돕고, 마음이 아픈 만큼 애쓰라고 호소하고, 촉구하
고, 희망하는 용기를 보여 준다. 그런 해일님은 세상의 올바
른 주인이다.

세상을 좋게 할 수 있을 때 문학의 본질 또한 살아나는
것이라면, 해일님의 글은 당연히 그런 가치를 지닌다.

살생할 욕심을 버린 중이 되면
아무것도 없다 혼자 있음도 없다
복수할 마음을 버린 깡패가 되면
아무것도 없다 버릴 것도 없다
마음이 텅 비면
아무 것도 없다 버릴 것도 없다 하는 것도 없다
－「스타일리스트」의 '겨울 풀이말' 중에서

부처님이 영산회상에서 꽃을 들어 대중에게 보이시니 오
직 가섭존자(迦葉尊者)만이 미소를 띠어 가섭존자에게 정법
안장(正法眼藏)을 부촉하셨다 한다.

언어도단(言語道斷)의 경지(境地)는 글로나 말로 나타내기
에는 부적절하다는 증명이다.

'마음이 텅 비면 아무 것도 없다 버릴 것도 없다 하는 것
도 없다'

있다 하면 있음에 걸리고, 없다 하면 없음에 걸린다. 없
다 없다 하는 그 말 자체에도 걸리는 공적영지(空寂靈知)를
문인으로서 글로 쓰지 않을 수 없는 것이다. 그 심오함을
글로 표현할 수 없다면 선(禪)의 오묘함을 어찌 풀어 낼 수
있을 것인가. 부처님 말씀도 그 어떤 유명한 연설도 글이
되어 나타날 때 영원성을 부여받는 것이 아니던가. 언어의
한계를 돌파하여 이심전심의 허공 무상(無相)한 세계로 인도
하려 함이 선의(善意)로써 펼쳐져 향기가 진동하게 되리라.

만조겁(萬兆劫)을 웃으니
묵상은 늪에 기울고
말 많은 부처는 강을 건넌다
– 「세 번째 풀이마당」 중에서 '놀이말'

정해일님은 글속에서 '아프다 죽을래 아니면 버리고 살래?'라고 묻는다.

「삼국지」에 나오는 주유는 "하늘은 왜 주유를 내고 또 제갈량을 내었는가" 한탄하며 금창이 터져 죽었다 한다. 인간의 죽고 사는 일이 마음의 병을 치유하지 못해서 나옴을 예를 들어 시사하고 있다. 그러면 현대인이 받는 스트레스로 죽지 않으려면 어찌해야 하는가? 마음의 병에서 벗어나려면?

마음에 고통이 되는 것은 훌훌 털어 버리고, 욕심과 집착에서 벗어나야 한다.

어지럽고, 말 많은 세상바다를 건너 번뇌를 여의고, 피안의 세계에 이르게 되는 길은 텅 빈 마음으로 허허, 웃으며 사는 것이다. 세상만사는 일체유심조 (一切唯心造)라 하지 않던가. 마음먹기에 따라서 길이 열리기도 하고, 험한 고개를 넘게 되기도 한다는 작가의 심상이 잘 드러나 있다.

깊은 아름다움에 박혀있는
진실을 뽑아보니 요망하더라

소문대로 얼굴값 하더라

- 「네 번째 풀이 마당」 중에서 '놀이말'

　인생이 잘 안 풀릴 때 짜증이 나고, 그 짜증은 심신의 병이 되어 건강을 해치게 된다. 진실이 진실이 아니게 나타나는 현생 속에서의 해방은 어떻게 이루어지는가. 해일님은 그 고통들의 근본적인 문제의 근원은 막연한 기대에서 오는 것이라고 한다. 그 해답으로 남이 내 인생을 어찌 해줄 것이라 기대하지 말고, 지친 내 몸과 내 마음은 내가 위로하여 마음의 평화를 얻도록 하자는 것에 기준을 두고 살아갈 것을 명시한다.

　'첼로비 속을 속절없이 이제 추억 쪽으로 두고 봐야 한다.'는 체념과 '임꺽정'의 기개를 살려 줄 그 누군가를 기대하는 심정, '그래도 슬픈 세상은 창 밖에 있으니' 라는 것으로의 달관된 걱정, '이 세상의 모든 슬픔은 착각에서 비롯된다.'는 깨우침. 창밖으로는 수많은 이들이 가질 수 없는 것을 가질 수 있다는 착각에 빠져 슬퍼하고 괴로워하고 있다는 안타까움. 그 우매함으로부터 벗어나 냉정한 객관적 사유로 스스로의 마음을 제어하고, 슬픔을 갈아앉히며, 안정을 되찾아 평안한 삶을 가꾸게 하자는 권고가 지극하다.

　정해일님의 영문으로 쓴 작품, 「The Wind in Faded

Green for Nothing」(아무 것도 아닌 빛바랜 녹색 바람)의 내용은 이렇다. 주인공이 젊었을 적엔 음악을 들을 때면 설명하기 어려운 깊은 아름다움을 느끼곤 했다. 그것을 빛바랜 녹색 바람으로 표현했는데 나이가 들면서 그 신비함을 더 이상 느낄 수 없어 깊은 절망에 빠진다.

정해일님 또한 지난 날 좋아하던 음악이나, 여배우, 공부하던 옆자리에 앉았던 여인을 들추어 보며 식어버린 자신의 열정을 되찾고 싶어 하는 열망을 간직하려 한다. 아직도 그 가슴 시림 속에서 피워내고 싶은 꽃가지들, 그 한 가지 남은 정열은 글을 쓰는 것이라는 결론을 내린다. 그 희원은 창조하려는 비전을 제시하고, 시간을 초월케 하며, 영원으로 치닫게 할 것이다.

담연(擔然)하고 담연(擔然)하니
더는 깊이 따지지 않고
물 위에 떠있는 구색(鉤索)의 날개를 본다
— 「여덟 번째 풀이 마당」 중에서 '놀이말'

이루어지지 않은 사랑에서 죽어 본 뒤에 깨닫게 되는 평화. 그 도정(道程)에서 얻어진 깨달음. 정해일님은 그것을 '짝퉁 견성(見性)'이라 하나 헤르만 헤세가 쓴 「데미안」에 나오는 싱클레어의 도정(道程)을 연상시킨다. 방황과 갈등 속에서 얻게 되는, 자기 안의 보물이 무엇인지를 체험으로 깨친 것이다. 해일님은 희로애락(喜怒愛樂)의 끌림을 멈추고 담담하게 흘러가는 물 같은 경지에 이르렀음을 '담연하고 담연하니'라는 표현으로, '물위에 떠있는 구색의 날개를 본다'는 것은 도정(道程)의 미소(微笑)를 짓게 하는 것이다.

내가 만난 해일님은 실로 덤덤하여 여여(如如)한 사람이다. 상(相)이 없어 상대방을 편안하게 해준다. 평범 속에 비범함을 갖춘 그의 경외(敬畏)스런 무게감은 수행력에서 비롯된 것일 것이다.

가장 미련한 사람이 가장 똑똑한 사람이라는 것, 그 사람은 스스로 욕망의 돌을 던져 이타저타 분별심(分別心)의 파랑(波浪)을 일으키지 않는다는 것, '그런 사람은 이 세상에서 가장 행복한 이다.'라고 말한다.

그 파랑의 속절—아무리 하여도 단념할 수밖에는 별 도리가 없는 속절없는 인생사. 아무리 노력해도 이 세상에는 안 되는 일이 있다는 것. 정해일님은 세월의 흐름을 멈추는 일이 그러하다 한다. 그러면서도 찬란한 은빛 무덤처럼 한 때 있었던 푸른 꿈에 애착을 갖고 놓아 주지 않으려는 자신과 만나고 있다. 그 파랑의 속절이, 이 정의(正義) 깊은 세월 속 어디에선가 뼈를 추슬러 마음을 바꿔 약간 늦게나마 자신을 찾아오리라는 것을 믿음 속에 간직하고서.

이어라 이제는 그대 해맑은 눈빛 속의

허망한 낡은 거울 되어

아침을 쓰고 눈비를 재촉하리라

- 「열두 번째 풀이 마당」 중에서 '놀이말'

정해일님은 버려도 버려도 버릴 수 없는 것이 분에 넘치는 욕심이라 하고, 이 세상의 모든 욕심은 분에 넘치는 욕심이라고 한다. 그리고 덧붙인다.

길이 아니면 가지를 말고 때가 아니면 바라지를 말라 그리고 그 때는 내가 정하는 것이 아니라 하늘이 정해 주는 것이다.

라고 읊으며 속 깊은 은현자재(隱顯自在)의 순리를 말한다. 그 때라는 것 또한 준비하고 노력하며, 늘 깨어 있는 자의 것이 될 것이라는 것을 아는 것은 깨친 자의 몫이다.

그 고집스런 여름의

한사코는

내가 저를 버렸다면서

빛나는 쟈유로 이제서야 나를 버린다

- 「그 여름의 한사코」 중에서

정해일님의 연작시 「그 여름의 한사코」에는 줄줄이 자신의 회의와 놓아지지 않는 끈질긴 줄이 한 가닥 잡혀 있다.

열두 번째 풀이 마당의

여름 전에 겨울이 있었다고 말하지 말라 겨울 전에 여름이
있었다

는 대목은 자연의 사계절에 비유된 인생의 사계절이다. 웅
지를 품었던 뜨거운 여름날의 열정이 있었기에 식어 버린
겨울의 차가움을 말할 수 있는 것이리라.
　버릴 수 없는 그 열망이 세월에 도태되어 버린 안타까움
을 정해일님은 곳곳에 뿌려 놓고 있다.
　1979년 LA 한국일보에서 자신의 시를 당선작으로 뽑아
주신 황갑주 선생님의 혜안이 옳았음을 증명해 보이고자 하
는 다짐이 그것이다.

　　모든 것은 갖추어져 있다
　　마치 아침에 입고 나가려고 준비해 놓은 옷과 같다
　　끊어진 곳에서 이어지니 문득 조용한 곳에서 빛나고
　　입지도 않고 벗은 옷에서 아라한의 숨결이 느껴지니
　　　　　　　　　　　－「맺음말」 '아라한의 숨결' 중에서

　정해일님이 진심으로 하고 싶은 것. 그것은 글을 쓰고 싶
어 하는 것임이 글 전반에 드러나 있다.
　'모든 것은 갖추어 있다'는 것은 글을 쓸 수 있는 해일님의

바탕에 대한 믿음이라 해석한다. 아니면 도(道)의 길을 가기 위한 준비라고 해도 틀리진 않을 것이다. 어느 쪽이든 견고하게 준비해 놓은 기틀 위에 탑을 쌓는 일만 남은 것 같다.

숲속에 안주하여 은거하는 견성도인(見性道人)이 아니라 세상과 같이 하려는 하화중생(下化衆生)의 길로 나아가려는 솔성(率性)의 의지를 천명하고 있는 것 같기도 하다. 그곳으로 뛰어 들어 깨달음으로 건져 올린 불심(佛心)의 깊이를 장엄(莊嚴)하고, 아라한의 숨결을 마음껏 들여 마셔 보는 것이다.

정해일님에게서 풍기는 선(禪)의 향기가 명상을 돌파하여 세상의 곳곳에 선(善)의 의지로 번져 나가기를 희원한다.

자신의 인격 속에 담겨있는 덤덤함과 푸근함이 날카로운 바람조차 비켜 가리라는 믿음으로 굳세게 전진하기를 문우로서, 도반으로서 기도해 보는 것이다.

부족한 내 필력을 부끄러이 펼쳐 보인 것은 그런 내 소망을 기쁨으로 바꾸기 위한 정성의 보탬이고, 좋은 작품을 읽게 되리라는 미래의 기대 때문이다.

1판 1쇄 발행 | 2010년 2월 10일

지은이 | 정해일
발행인 | 이선우
펴낸곳 | 도서출판 선우미디어

등록 | 1997. 8. 7 제300-1997-148호
110-070 서울시 종로구 내수동 75 용비어천가 1435호
☎ 2272-3351, 3352 팩스: 2272-5540
sunwoome@hanmail.net
Printed in Korea ⓒ 2010. 정해일

값 7,000원

ISBN 89-5658-237-8 03810